AF296274

DE L'AMITIÉ.

DRAME EN UN ACTE ET EN VERS,

PAR M.̲ FARDEAU.

..... Ludus animo debet aliquando dari.

Phed.

A AMSTERDAM,

Et se trouve à PARIS,

Chez LANGLOIS, Libraire, rue du Petit-Pont.
Et chez l'AUTEUR, rue Saint-Martin, vis-à-vis la
rue des Méneftriers.

M. DCC. LXXIII.

PERSONNAGES.

DORVAL.

LUCINDE.

GERONTE, *Ami de Licidas.*

ANGELIQUE.

LINDOR.

LICIDAS, *Père d'Angelique.*

LE TRIOMPHE
DE L'AMITIÉ.
DRAME EN UN ACTE ET EN VERS.

SCENE PREMIERE.
DORVAL, *seul.*

QUE l'on a de plaisir à chercher ce qu'on aime ?
Le plus tendre soupir naît d'un amour extrême.
Non, il n'est point de sort plus heureux que le mien ,
Si de Lucinde enfin j'obtiens un entretien.

SCENE II.
DORVAL, LUCINDE.
DORVAL.

MAIS la voilà qui vient ; c'est Lucinde elle-même.
Par quel heureux destin , quel est le stratagême
Dont vous avez usé pour échapper aux yeux
De votre chere Tante ; son aspect ennuyeux ,

A ij

A chaque inftant du jour, vous accable, vous gêne ;
Vous étes de mon fort l'arbitre fouveraine ;
Prononcez librement ; difpofez de mon bien ;
Soyons tous deux heureux ; trouvons-en le moyen,
Je fçais que jufqu'ici vous étes en efclavage ;
Il faut, pour en fortir, qu'un heureux mariage
Ramene pour jamais l'amour & les plaifirs ;
Vous devez fatisfaire aux plus ardens defirs.

L U C I N D E.

Dorval veut éxiger ce qui m'eft impoffible ;
Il fçait qu'un prompt hymen me feroit trop nuifible,
Et que ma deftinée de ma Tante dépend ;
Toujours à fon vouloir foumife je me rends.
Si je contredifois un moment fon caprice,
Je verrois éclater la plus grande injuftice ;
Mais, que faut-il, Dorval, quand vous avez ma foi ?
Vous aimer, vous le dire, c'eft ma fuprême loi.

D O R V A L.

Eft-ce ainfi que l'on doit récompenfer une flamme ?
Un pareil procédé eft-il d'une belle ame.
[à part.] L'amour caufe fouvent le plus grand embarras,
Et c'eft un vrai bonheur de ne s'y livrer pas.

S C E N E   I I I.

G E R O N T E ,   L I C I D A S,

G E R O N T E.

JE te l'ai dit, mon Cher, il faut que je m'applique
A fatisfaire aux vœux de la belle Angelique ;

SCENE VI.

LINDOR, ANGELIQUE.

LINDOR.

Rassurez donc ma foi ; diffipez mon tourment ;
Que votre tendre cœur, en ufant de clémençe,
A ma fidelle ardeur ferve de récompenfe ;
Que votre belle bouche décide de mon fort ;
C'en eft fait, j'en attends ou la vie ou la mort.

ANGELIQUE.

Tous les beaux fentimens que vous faites paroître,
Sont plus que fuffifans pour me faire connoître
Que vous étes guidé par la plus vive ardeur,
Et je voudrois pouvoir difpofer de mon cœur ;
Mais, dans ce même inftant, je vois, je confidère
Que je dois fuivre en tout les deffeins de mon pere,
Et le choix qu'il fera me fervira de loi,
Pour toujours me fixer & affurer ma foi.

LINDOR.

Puifque vous le voulez, il faut vous fatisfaire ;
Peut-être un tel parti vous paroît téméraire ;
Je veux que devant vous ingrate un prompt trépas. (*)

____

(*) Il veut fe tüer.

SCENE VII.

LICIDAS, ANGELIQUE, LINDOR.

LICIDAS.

ARRESTEZ un moment : quels font donc ces débats !

LINDOR.

Ah ! Monfieur, laiffez-moi, je ne puis y furvivre,
Lorfqu'un malheureux fort s'obftine à me pourfuivre ;
Il faut que, fur le champ, je defcende au tombeau ;
Chaque inftant me ramene un fupplice nouveau.

LICIDAS.

Armez-vous de raifon, Monfieur ; foyez tranquile ;
Un peu trop de chaleur vous échauffe la bile ;
Il faut bien fe connoître, même fe confulter,
Sur-tout quand il s'agit de fe bien marier.
Ma Fille n'eft pas riche ; vous étes fans fortune ;
Craignez donc que la vie vous devienne importune ;
Lorfqu'après quelque temps vous auriez des enfans,
Il faudroit y penfer, leur donner des talens.
D'après ces réflexions, je ne puis entreprendre,
Quand j'en aurois envie, de vous faire mon Gendre.
Allez, & croyez moi, vos vœux font fuperflus,
Et le meilleur parti, c'eft de n'y penfer plus.

LINDOR.

Cet excès de fureur, où mon amour m'engage,
Me force à me livrer à la plus grande rage ;

Et pour elle je vise un assez bon parti ;
Je veux dès aujourd'hui la pourvoir d'un mari.
Vois-tu son doux maintien, son gracieux langage ;
C'est te dire, l'Ami, qu'elle songe au mariage.
Il faut, sans hésiter, répondre à son désir ;
Pour son sexe, l'on doit sçavoir tout prévenir ;
En telle occasion on use de sagesse :
C'est alors qu'on banit pour jamais la tristesse.

LICIDAS.

J'en demeure d'accord ; je conviens avec toi
Que le meilleur secret est d'engager sa foi ;
Je sçais très-bien aussi, en qualité de Pere,
Qu'il est fort à propos qu'en tout je considère
Que, mariant cette Fille, c'est éloigner d'ici
Son air mélancolique, & calmer son souci.
Il s'agit de la dot qu'il faut que je lui donne.
Que l'on fût satisfait de sa seule personne,
Pour le coup mon projet seroit bien-tôt suivi.
Cherche dans tout Paris ; trouve lui un mari
Qui, sans avoir la dot, desireroit la prendre ;
Ce n'est qu'avec de l'or que l'on acquiert un Gendre ;
Et c'est actuellement la mode en tous Pays ;
Je te dirai de plus, je n'ai aucuns Amis
Dont je puisse espérer le moindre des services,
On ne voit à présent que ruses & qu'artifices.

GERONTE.

Tu sçais que de tous temps je me dis ton Ami ;
Je veux, cher Licidas, que tu remarque aussi
Que ce n'est qu'à bon droit que je prends ce grand titre ;
Cessons les complimens ; laissons là ce chapitre.

A iij

D'inutiles difcours font ici fuperflus ;
Acceptes cette bourfe ; voilà dix mille écus :
Reçois donc ce cadeau (*) ; que ton cœur en difpofe ;
Même, fi tu le veux, j'augmenterai la dofe.
Pourquoi feroit-il dit que l'on ne trouve ici
Jamais aucun bon cœur, ni véritable Ami.
A l'égard du parti que tu veux qu'on lui donne ;
Je connois ce qu'il faut à l'aimable perfonne :
Je fçais un Cavalier, un fort joli fujet ;
Je fouhaiterois déjà que tout cela fût fait.
Jamais le ton ne fit aucun tort à fon ame ;
Je fuis fûr qu'il fera le bonheur d'une Femme.

SCENE IV.

LICIDAS, *feul.*

COMMENT peut-on répondre à d'auffi grands bienfaits ?
Jamais il n'exifta d'Amis auffi parfaits.

SCENE V.

LINDOR, *feul.*

LORSQU'UN Amant n'a pas trouvé ce qu'il défire,
Chaque moment pour lui eft un cruel martyre.
Ah ! bonheur fans égal, & quel heureux deftin,
Si je puis obtenir d'Angelique la main !
Que le plus doux hymen foit le gage fidèle
De l'amour le plus pur qui m'anime pour elle.
Mais, je la vois paroître. Ah ! quel raviffement !

(*) Il lui préfente la bourfe.

Confus ; défefpéré , dans un tel embarras ;
Au comble du malheur , je n'y réfifte pas.

[*Il fort.*]

SCENE VIII.

LICIDAS, ANGELIQUE.

ANGELIQUE.

UN auffi dur refus me chagrine , m'accable ;
Lindor , quoique fort vif , ne paroît point coupable ;
Je fçais que mon devoir m'oblige à refpecter
Tout ce que fait mon Père , & ne pas héfiter.

LICIDAS.

Va , ma Fille , Lindor n'a pas un grand mérite :
Il eft fage ; il obferve une bonne conduite :
Mais cet Amant n'ayant que l'âge de vingt ans ,
N'annonce point encore avoir aucuns talens ;
Au contraire , il te faut , pour folide partage ,
Un mari qui travaille au foutien du ménage.
J'en attends un , ma Chere ; ton cœur le connoîtra ;
C'eft notre ami Geronte qui donne celui-là
Même ; il fait un préfent ; la bourfe eft toute prête
De trente mille francs pour honorer la fête.
Geronte eft honnête homme , & d'ailleurs fort difcret ;
Qui ne prend d'intérêt que pour un bon fujet.
Repofe-toi fur moi ; fois sûre de ma franchife ;
Se marier fans bien , c'eft faire une fotife.

ANGELIQUE.

Je ne fuivrai toujours que votre fentiment,
Et me laiffe conduire en tout aveuglement.

SCENE IX.

GERONTE, *feul.*

ON voit beaucoup de gens fe plaifant à mal faire ;
Mon goût eft décidé pour faire le contraire ;
Et jamais mon penchant n'eft fi fort fatisfait,
Que par l'occafion d'exercer un bienfait.

SCENE X.

GERONTE, DORVAL.

GERONTE.

JE vois venir Dorval ; ton état m'intéreffe ;
Ton air fombre & rêveur femble fuir la tendreffe :
Mais, il faut y penfer un peu férieufement,
Te décider à faire un établiffement ;
Ton efprit m'eft connu ; ton cœur l'eft davantage ;
Et je veux te réfoudre à faire un mariage ;
Le parti eft tout prêt, & la dot l'eft auffi ;
C'eft moi qui la fournis. Le Père eft mon Ami ;
Tu connois Licidas & fa Fille Angelique ;
Sans plus long examen les nommant je m'explique ;

Te connoiffant auffi , ils pouvoient te choifir?
L'on s'en rapporte à moi ; fois sûr de réuffir.

D O R V A L.

Vous prévenez mon choix ; je fçais votre habitude ;
C'eft de faire le bien auffi fans inquiétude.
Je remets en vos mains mon petit intérêt ;
Je me tiens fort heureux , lorfque cela vous plaît.

G E R O N T E.

Il faut parler au Père , l'éclaircir & lui dire
Que nous fommes en parole , & qu'il s'agit d'écrire.
Mais , voici Licidas ; fa Fille eft avec lui ;
Je vais régler ton fort , j'aurai bien-tôt fini.

S C E N E X I. & *derniere.*

LICIDAS, ANGELIQUE, GERONTE, DORVAL.

G E R O N T E.

AH ! que je fuis ravi , mon ame eft fatisfaite ;
Je compte réuffir , & ma joie eft parfaite.
Voici , belle Angelique , l'Amant que j'ai choifi :
Le Ciel l'avoit prédit ; vous êtes née pour lui.
Vous connoiffez déjà fon air , fon caractére ,
Et je vous garantis que fon cœur eft fincére.
Daignez donc l'accueillir ; foyez tous deux heureux ;
Accompliffez enfin le plus beau de mes vœux.

D O R V A L.

De mes vrais fentimens Geronte eft l'interprête.
Rendez-vous donc , Madame , à ce que je fouhaite ;

Faites tout mon bonheur ; & que dans ce beau jour,
Nous puissions voir l'hymen d'accord avec l'amour.

ANGELIQUE.

Dorval, le puis-je croire, & n'est-ce point un songe ?
Souvent pareils propos respirent le mensonge.
On voit très-peu d'Amans dont la sincérité
Fasse, dans leurs discours, regner la vérité.
Je vois bien qu'aux récits qu'en ce lieu je vois faire,
On peut, à votre égard, penser tout le contraire.
Mais, croyez-moi, Monsieur, vous agissez en vain,
Et je veux que mon Père dispose de ma main.

LICIDAS.

Ce nœud paroît trop beau, pour que je m'y oppose ;
Il faut, sans retarder, conclure ainsi la chose.
Si cet hymen, ma Fille, est de ton agrément,
Sois sûre que j'y donne mon plein consentement.

ANGELIQUE.

Vous plaisez à mon Père, & moi, pour récompense,
Je vous donne mon cœur ; vivons d'intelligence.

GERONTE.

Allons faire la nôce ; je veux, en peu de temps,
Vous voir à tous les deux un bon nombre d'enfans.

F I N.

www.ingramcontent.com/pod-product-compliance
Ingram Content Group UK Ltd.
Pitfield, Milton Keynes, MK11 3LW, UK
UKHW022250070726
13613UKWH00005B/2207